Bianca Oliveira Silva

DOCE INFERNO

Para minha amada família, André, Miguel, Sophie e Aurora,
e para o meu querido gato Pépi.

CAPÍTULO 1

O ano é 2030, e o que antes era ficção científica agora desdobra-se diante de nossos olhos. A inteligência artificial, outrora um campo de estudo promissor, avançou com uma velocidade vertiginosa, ultrapassando as fronteiras da imaginação humana. Computadores e robôs, dotados de algoritmos sofisticados e aprendizado autônomo, começaram a ocupar posições que antes eram exclusivas dos seres humanos - desde funções complexas no mercado de trabalho até os papéis mais delicados e pessoais nos relacionamentos íntimos.

As cidades, uma vez pulsantes com a sinergia do esforço humano, agora ecoam com o zumbido mecânico de máquinas eficientes. As ruas, antes corredores de interações sociais, transformaram-se em passarelas para androides que simulam afeições e emoções com uma precisão desconcertante.

Mas essa nova era de maravilhas tecnológicas veio com um preço alto. A onda de desemprego, impulsionada pela substituição em massa, varreu como uma tempestade, deixando atrás de si um rastro de pobreza e desolação. Famílias que outrora compartilhavam refeições à mesa agora buscam sustento nas sombras dos arranha-céus, suas esperanças despedaçadas pelas mesmas máquinas que prometiam prosperidade.

As praças, que vibravam com o riso das crianças, agora abrigam as tendas improvisadas dos desabrigados, um mar de rostos marcados pela fome e pela incerteza. E enquanto os robôs continuam a desempenhar suas tarefas com uma eficiência implacável, a humanidade se vê em um paradoxo:

um mundo de abundância onde a escassez se tornou a norma para muitos.

Neste cenário distópico, a sociedade se encontra em uma encruzilhada, confrontada com a realidade de que a tecnologia que foi criada para servir o homem agora o domina, e a questão que permanece é: como redefiniremos nosso lugar em um mundo onde a inteligência artificial não é mais apenas uma ferramenta, mas um concorrente?

Para mitigar a crise, o governo instituiu uma renda básica universal, um paliativo que aliviava, mas não resolvia o problema. Muitos ainda lutavam para sobreviver.

Em um esforço para estancar a hemorragia econômica, o governo desenrolou o plano da renda básica universal. Era um bálsamo, uma tentativa de acalmar as águas turbulentas da crise que assolava a nação. As filas para receber o auxílio se estendiam como serpentes de esperança e desespero, entrelaçadas nas ruas onde o som do progresso havia se silenciado. A renda não era suficiente para manter a fome à distância, e nem para preencher o vazio deixado pela perda de propósito e dignidade.

Nesse cenário cinzento, onde a esperança parecia uma moeda em desuso, a gigante da neurociência e nanotecnologia, NeuroTech Corp, ergueu-se como um farol de possibilidades. Com o lançamento do "Neuro-X", um dispositivo neural que prometia ser a chave para a evolução humana, a empresa capturou a atenção do mundo. O Neuro-X não era apenas um dispositivo; era um portal para um novo eu, capaz de processar informações e fazer o usuário aprender com uma velocidade que deixava qualquer IA no pó.

A princípio, a ideia de um implante na testa era recebida com olhares desconfiados e testas franzidas. Mas a necessidade tem o poder de mudar perspectivas, e a fome, um argumento que não conhece réplica. Com o tempo, o Neuro-X tornou-se um símbolo de resistência, uma insígnia de humanos recusando-se a serem ofuscados pela sombra fria da inteligência artificial.

As ruas começaram a pulsar com uma nova energia, as pessoas caminhavam com a cabeça erguida, não por causa do dispositivo em suas testas, mas pelo que ele representava: a capacidade de competir, de contribuir, de ser mais uma vez parte integrante do tecido social. O Neuro-X era mais do que uma promessa de eficiência; era a promessa de um recomeço, de uma sociedade onde humanos e máquinas poderiam coexistir, não como mestres e servos, mas como iguais na busca por um futuro melhor.

Mônica, uma professora apaixonada por física, estava concluindo sua aula, com um olhar pensativo, desvendando os mistérios da relatividade com uma paixão que contagiava a sala.

— "Einstein nos mostrou que o tempo e o espaço são relativos, e isso, meus queridos alunos, nos ensina que há sempre mais de uma perspectiva para cada história," ela disse, com um brilho nos olhos. — "Agora, vão e explorem o mundo com a mente aberta. Até amanhã!"

No caminho de casa, o banner digital era parte de uma campanha publicitária que prometia uma revolução tecnológica. "Neuro-X, a chave para desbloquear seu potencial oculto," proclamava o slogan, enquanto o homem no vídeo sorria confiante, voando acima dos arranha-céus como um super-herói.

Chegando em casa, Mônica mal teve tempo de trocar os sapatos quando Rafael apareceu na porta, ofegante e com os olhos arregalados.

— "Moni, você não vai acreditar! Eu estava no laboratório até agora, e os resultados… são incríveis! Mas esses cálculos, eles são o único obstáculo entre mim e a publicação do meu estudo!"

Mônica riu, balançando a cabeça.

— "Você e seus experimentos, Rafa. Vamos lá, me mostre o que está te deixando tão agitado." Ela pegou a pasta de Rafael, e juntos, espalharam papéis cheios de equações pelo escritório.

Sentados à mesa do escritório, Mônica examinou os cálculos complexos.

— "Que tal algumas aulas particulares, Rafa? Pode ser mais produtivo a longo prazo."

— "Moni, eu estava pensando… Se eu implantar o Neuro-X, resolvo isso num piscar de olhos."

— "Você está falando sério?" Mônica levantou uma sobrancelha, cética.

— "Assim não preciso quebrar a cabeça com esses cálculos terríveis."

— "Ah, claro, deixe que o Neuro-X quebre sua cabeça por você," Mônica ironizou.

— "Todo mundo está usando, Moni."

— "E você realmente confia nesse dispositivo? Já pensou no que acontece quando o material atinge seu prazo de validade?"

— "Eles são profissionais, Moni. Com certeza pensaram em tudo."

— "Não sei, Rafa. Por que confiar tão cegamente? Sempre desconfio de soluções milagrosas."

— "Relaxa, Moni. Se não fosse seguro, não teria tanta gente usando."

Camila contempla seu filho de quatro anos, que brinca no chão da sala com seus brinquedos coloridos. Carros de corrida, dinossauros de plástico e blocos de construção formam um arco-íris caótico ao redor do pequeno Joseph, que ri alto enquanto sua imaginação o leva a mundos distantes. Ela observa cada movimento dele com um olhar repleto de carinho, refletindo sobre a preciosa fragilidade da vida e sentindo-se imensamente grata pela existência do pequeno.

Ao se aproximar da janela, Camila testemunha uma cena desconcertante: um jovem, absorto em seus óculos VR, realiza gestos sexuais, ignorando o mundo ao seu redor. Ao lado, crianças passam, alheias ao comportamento do rapaz, uma triste normalidade nos dias de hoje. Um calafrio percorre Camila, e uma sombra de tristeza e indignação turva seu semblante.

— "Como isso pode ser considerado normal?" ela murmura para si mesma, preocupada com o futuro que aguarda seu filho.

Com um suspiro pesado, ela fecha a janela, voltando sua atenção para o menino que segue alheio à loucura do mundo externo. Enquanto pondera sobre como protegê-lo, a ansiedade a invade, e ela se volta para a oração, buscando conforto e fortalecimento de sua fé diante das incertezas da vida.

— "Mãe, você está bem?" Joseph pergunta, olhando para cima com seus grandes olhos castanhos cheios de inocência.

— "Sim, meu amor, estou bem," Camila responde com um sorriso forçado, abaixando-se para abraçá-lo. —"Vamos construir uma fortaleza com seus blocos?"

— "Eba! Vai ser a maior de todas!" Joseph exclama, esquecendo-se rapidamente dos brinquedos anteriores.

Enquanto eles constroem, Camila se perde nos pensamentos de um mundo onde seu filho possa crescer sem medo.

Antônio está parado em sua sala de estar, encarando uma parede adornada com dezenas de certificados e medalhas. Cada um é um testemunho de suas conquistas: o **Prêmio RoboTech de Inovação**, a **Medalha de Honra da Sociedade de Engenharia Mecatrônica**, entre outros. No entanto, contrariando o que se esperaria, seu olhar não transmite orgulho, mas sim desânimo. Uma fina camada de poeira cobre os troféus, símbolos de um passado brilhante que parece distante.

Ele deixa a sala, dirigindo-se ao seu laboratório, onde protótipos de robôs inacabados repousam sobre as mesas. Peças e ferramentas estão espalhadas, como se uma tempestade de criatividade tivesse sido abruptamente interrompida. O silêncio é palpável, apenas interrompido pelo zumbido ocasional de um servo motor que ainda guarda vida.

Seu smartphone interrompe o silêncio. A tela ilumina um canto escuro do laboratório com uma chamada entrante. Antônio hesita, mas atende:

— "Bom dia, Antônio? Aqui é da RoboCorp. Estamos entrando em contato referente à sua aplicação para a vaga de engenheiro chefe de robótica."

— "Bom dia, no que posso ajudar?"

— "Gostaríamos de convidá-lo para uma entrevista amanhã às 8:00. É um bom horário para você?"

— "Amanhã às 8:00?" Antônio repete, uma faísca de esperança acendendo em sua voz. — "Sim, estarei lá." responde Antônio, permitindo-se um sorriso tímido.

— "Ótimo! Estamos ansiosos para conhecer o homem por trás de tantas inovações. Até lá, Antônio."

— "Até lá. Obrigado pela oportunidade."

José estava inquieto, o olhar fixo no portão da escola que parecia guardar os sonhos de seu filho. O sol se punha, tingindo o céu de laranja e rosa, quando Gustavo finalmente surgiu, a mochila pendendo de um ombro, o semblante carregado de um dia cheio.

Iniciaram a caminhada para casa, os passos de José eram rápidos, movidos pela ansiedade. Ele não conseguia esperar para compartilhar a novidade que, acreditava, mudaria o futuro de Gustavo.

— "Filhão, lembra daquela escola de futebol que seleciona jovens talentos para o Timão?" — sua voz tremia de excitação.

Gustavo assentiu, um meio sorriso brotando nos lábios.

— "Sim, pai. O Jorge foi para lá." — sua voz era suave, quase inaudível entre o burburinho da rua.

José parou, segurou os ombros de Gustavo e olhou em seus olhos.

— "Pois é, você também vai, filho! Hoje fiz sua matrícula. Você começa a treinar na próxima semana!" — ele exclamou, os olhos brilhando mais que as estrelas que começavam a aparecer.

Gustavo, contudo, recuou um passo, o rosto pálido.

— "Você tá maluco, pai? Vou passar vergonha! Adoro futebol, mas não jogo tão bem quanto os outros garotos. Hoje mesmo fiquei de reserva, e quando entrei, foi para ser goleiro…" sua voz falhou no final.

José riu, um som caloroso que parecia abraçar o filho.

— "Tenho certeza que você se saiu bem." — ele disse, tentando infundir confiança no garoto.

Gustavo suspirou, os ombros caídos.

— "7x1 te parece bom?" — ele respondeu, a frustração evidente em cada palavra.

José sorriu, antecipando a reação do filho.

— "Calma, filhão. Eu sabia que você diria algo assim, e por isso tenho uma surpresa que vai te animar."

— "O que é, pai? O que é?" — Gustavo perguntou, a curiosidade vencendo a frustração.

— "Sua mãe e eu conversamos, e decidimos que, se você quiser, fará o implante do Neuro-X. Em poucas semanas de treino, você será o novo Pelé." ele disse, com a voz cheia de promessas.

Gustavo arregalou os olhos, a boca aberta em surpresa.

— "Sério, pai? Claro que eu quero! Todos os meus amigos já têm, e dizem que é incrível." ele disse, a empolgação crescendo a cada palavra.

José acenou, o orgulho transbordando.

— "Eu sabia que você toparia, filhão. Seu implante está marcado para amanhã. Com os avanços da medicina, em três dias você estará pronto para iniciar os treinamentos." ele explicou, o sorriso não cabendo no rosto.

Gustavo pulou, abraçando o pai com força.

— "Obrigado, pai. Você é o melhor pai do mundo." ele disse, um sorriso genuíno iluminou seu rosto.

Eles continuaram o caminho para casa, agora com passos leves e corações cheios de esperança. A conversa fluía entre risos e planos para o futuro.

22

CAPITULO 2

Rafael desperta ao amanhecer, com o canto dos pássaros matinais preenchendo o ar fresco da montanha. Ele inicia sua escalada por um imponente penhasco, a superfície áspera desafiando cada movimento com promessas de conquista. Ao alcançar o cume, ele se depara com uma vista de tirar o fôlego: vales verdes se estendem abaixo dele, cortados por um rio serpenteante que reflete os primeiros raios do sol.

Seus olhos se voltam para o céu cinzento, onde um majestoso pássaro plana altaneiro, suas asas abertas em um balé aéreo, inspirando admiração. Subitamente, gotas de chuva começam a cair, grossas e rápidas, e ele se refugia em sua tenda. Lá, saboreia lanches e doces trazidos em sua mochila, o sabor do chocolate e das frutas secas contrastando com o aroma terroso da chuva.

Enquanto se acomoda no colchonete, entregando-se ao ritmo tranquilizante da chuva, Rafael reflete sobre a jornada. Para ele, esse é um momento de paz e contentamento — quase perfeito. Apesar de parecer satisfeito, uma inquietação o leva a retirar seu celular do bolso. Ele acessa um site de conteúdo pornográfico.

O sol mal havia despontado no horizonte quando Antônio adentrou o imponente edifício de vidro e aço, refletindo os primeiros raios da manhã. Ele foi recebido com um sorriso caloroso pela recepcionista, que o conduziu até a sala de entrevistas.

— "Bom dia, Sr. Antônio. É um prazer recebê-lo em nossa empresa." disse a entrevistadora, estendendo a mão com entusiasmo.

— "Bom dia. O prazer é todo meu" respondeu Antônio, com um aperto de mão firme.

A entrevistadora, uma mulher de meia-idade com olhos perspicazes, folheou as páginas do currículo de Antônio, sua expressão misturando admiração e curiosidade.

— "Seu currículo é excepcional. Como explica tal sucesso profissional? Poucos têm uma trajetória tão notável."

— "Agradeço o elogio. Minha insaciável sede de conhecimento impulsiona meu sucesso. É um desejo inato, uma verdadeira fome de aprender que torna o processo fácil e gratificante. Para mim, cada desafio é uma porta aberta para novas descobertas," revelou Antônio, seus olhos brilhando com paixão.

— "Admirável! Muitos buscam conhecimento por necessidade profissional, mas sua abordagem apaixonada é quase uma arte. Esse talento incrível é fruto do Neuro-X?" perguntou ela, inclinando-se para frente, como se esperasse compartilhar um segredo.

— "Não, essa paixão vem desde a infância. Sou realmente afortunado. Quanto ao dispositivo, não o possuo," revelou

Antônio, afastando o cabelo da testa e mostrando a ausência do Neuro-X.

A entrevistadora, visivelmente desapontada, suspirou antes de responder:

— "Foi um prazer conhecê-lo e descobrir sua habilidade natural. Isso o torna ainda mais notável. Contudo, Sr. Antônio, não podemos prosseguir. Nossos sistemas e colaboradores dependem da interface do Neuro-X, para segurança e integridade dos dados. Sem ele, é impossível acessar nossas ferramentas de trabalho. Lamento, mas não podemos contratá-lo."

Antônio, mantendo a compostura, agradeceu e se retirou. Em outra entrevista, o entrevistador lamentou:

— "Sinto muito, Sr. Antônio, nossos sistemas são integrados ao dispositivo. É uma política da empresa."

E em outra:

— "Sem o dispositivo, não podemos contratá-lo. Nosso sistema é..."

E em mais outra:

— "Lamento, mas..."

— "Eu já sei, seu sistema depende do dispositivo," Antônio interrompe, sua paciência se esgotando.

— "Não é isso. Nossos sistemas são independentes, mas após o incidente na empresa Automatrix, onde um funcionário sem o Neuro-X causou enormes prejuízos e vazamentos de dados, não admitimos pessoas sem o dispositivo por questões de segurança."

Desanimado, Antônio retorna para casa. Com uma carreira brilhante, nunca imaginou estar desempregado. No seu smartphone, ele marca um número:

— "Bom dia. Gostaria de agendar um implante. — O quanto antes, por favor. — Amanhã? Perfeito, obrigado."

Ele desligou o telefone, olhando através da janela para o céu que agora estava tingido de laranja e rosa. Uma decisão tomada, um novo capítulo a começar.

Na casa modesta de Camila, as prateleiras da despensa ecoavam o vazio, um reflexo tangível da dureza dos tempos sem emprego. Cada canto vazio era um lembrete da sua luta diária, sua maior preocupação não era por si mesma, mas por como alimentaria seu pequeno filho, Joseph, nos dias vindouros. O menino, com seus olhos grandes e inocentes, ainda brincava pelo chão da cozinha, alheio às preocupações que pesavam sobre sua mãe.

Em um ato de desespero, marcado por uma mistura de orgulho ferido e necessidade, Camila pegou o telefone e discou o número da única pessoa que sabia que poderia ajudar. Sua mãe, uma mulher de feições endurecidas pelo tempo e pelo trabalho árduo, atendeu com sua voz usualmente firme.

— "Mãe, eu... eu preciso de ajuda," Camila começou, hesitante

Do outro lado da linha, houve uma pausa carregada de anos de expectativas não ditas e preocupações não expressas. Então, com uma suspiração que parecia carregar o peso do mundo, sua mãe respondeu:

— "Estou a caminho."

Não demorou muito para que a figura familiar de sua mãe aparecesse na porta, as sacolas de comida em suas mãos parecendo mais pesadas do que deveriam. Camila correu para recebê-la, as lágrimas ameaçando transbordar.

— "Muito obrigada, mãe. Você me salvou mais uma vez," disse Camila, sua voz embargada pela gratidão e pelo alívio.

— "É, mais uma vez!" respondeu a mãe, seu tom carregado de uma arrogância que escondia mal sua própria dor.

— "Quando você vai parar de depender de mim e começar a se virar?"

Camila sentiu o golpe, mas manteve a compostura. Ela sabia que sua mãe tinha razão, de certa forma.

— "Logo eu encontrarei um trabalho, mãe. As coisas vão melhorar, eu prometo."

— "Você já disse isso antes! Quantas vezes vou ter que te socorrer?" A mãe de Camila sacudiu a cabeça, a frustração evidente em cada palavra. — "Agora, preciso ir. O MEU TRABALHO me espera!" E com essas palavras, ela saiu, batendo a porta com força suficiente para fazer as janelas tremerem.

Sozinha novamente, Camila deixou as lágrimas caírem livremente. Ela olhou para o filho, que agora a observava com uma expressão confusa.

— "Por que não responde minhas orações, Deus?" ela sussurrou, mais para si mesma do que para Deus.

Ela se ajoelhou ao lado de Joseph, abraçando-o apertado, encontrando um pingo de conforto no calor do abraço de seu filho.

A luz suave do consultório médico refletia no piso de mármore, criando um ambiente acolhedor. Gustavo, sentado em uma cadeira ergonômica ao lado de seu pai, não conseguia conter o sorriso que se espalhava por seu rosto. Seu pai, um homem de meia-idade com cabelos grisalhos e olhos expressivos, compartilhava do mesmo alívio, segurando a mão de Gustavo com firmeza.

O médico, um senhor de postura imponente e jaleco imaculado, aproximou-se com um tablet em mãos, exibindo gráficos e dados animados.

— "Parabéns, Gustavo! O implante está funcionando perfeitamente. Em três dias, você poderá retomar qualquer atividade física sem restrições," disse ele, com um entusiasmo que contagiava o ambiente.

— "Muito obrigado, doutor. Não sabe o quanto isso significa para mim." respondeu Gustavo, levantando-se para apertar a mão do médico com uma gratidão que transbordava em seus olhos.

Seis dias depois...

O sol brilhava alto no céu azul, banhando o campo de futebol da escola nova com uma luz dourada. Gustavo, agora em uniforme esportivo, corria pelo gramado com uma leveza impressionante, driblando os cones de treino com uma agilidade que desafiava a gravidade. Seu pai, sentado na arquibancada, mal conseguia ficar parado, acompanhando cada movimento do filho com um binóculo esportivo.

Os outros jogadores, adolescentes de diferentes alturas e habilidades, observavam Gustavo com uma mistura de admiração e inveja. Eles sussurravam entre si, questionando como alguém poderia se adaptar tão rapidamente ao ritmo intenso do treino.

De repente, Gustavo parou, posicionou a bola a seus pés e começou uma série de embaixadinhas, cada uma mais elaborada que a anterior. A bola parecia colada aos seus pés, obedecendo cada comando com precisão.

— "Olha, pai!" exclamou Gustavo, mantendo a bola no ar apenas com o toque dos pés, enquanto lançava um olhar desafiador aos colegas.

— "Isso é incrível, Gustavo! Você está superando todas as expectativas," disse o treinador, Nelson, aproximando-se com um cronômetro na mão. — "Eu já vi muitos jovens talentosos, mas você... você é um fenômeno!"

O treinador, um ex-jogador profissional com cicatrizes de inúmeras partidas, olhou para o pai de Gustavo, dando-lhe uma piscadela cúmplice. Ele sabia que estava diante de um futuro astro do esporte, e o brilho em seus olhos não deixava dúvidas de que Gustavo era o destaque daquela manhã ensolarada.

A sala da diretora estava envolta em sombras à medida que o sol se punha, lançando um brilho dourado através das janelas amplas. Mônica estava de pé, rígida, enquanto a diretora se sentava atrás de sua mesa, repleta de papéis e dispositivos eletrônicos que piscavam silenciosamente.

— "Eu já não sei mais que desculpa dar aos pais," começou a diretora, sua voz trêmula refletindo a gravidade da situação. — "Eles estão reclamando que, com o Neuro-X, seus filhos estão superando até mesmo você, que é professora. Não aceitam que uma professora sem o implante continue ensinando." Seus olhos encontraram os de Mônica, cheios de uma preocupação que não precisava ser verbalizada.

— "Mas isso é um absurdo!" Mônica rebateu, a frustração evidente em sua voz, que ecoou pelas paredes adornadas com diplomas e prêmios. — "O desempenho dos meus alunos é excelente! Eles são curiosos, engajados e criativos."

— "Sim, é verdade. Mas eles atribuem todo esse sucesso ao Neuro-X, e agora não querem uma professora..." a diretora hesitou, escolhendo as palavras com cuidado, —"...que consideram 'diferente'."

— "'Diferente'? Desde quando não ter um implante me torna menos capaz?" Mônica levantou a voz, indignada, suas mãos cerradas em punhos ao lado do corpo.

— "Muitos estão dizendo, e isso inclui os pais dos alunos, que pessoas sem o implante são um risco para a sociedade. A maioria que ainda opta por não ter o implante são criminosos. Você viu o que estão fazendo nos supermercados?" a diretora falou em um tom baixo, quase como se estivesse compartilhando um segredo obscuro, sua voz mal ultrapassando o zumbido do ar-condicionado.

— "Isso é um absurdo! São pessoas desempregadas e com fome que estão saqueando esses mercados!" Mônica respondeu, sua voz tremendo de indignação, enquanto caminhava de um lado para o outro, a energia nervosa irradiando dela.

— "Mônica, acalme-se. Não estou dizendo que você é uma deles, mas a realidade é que a sociedade está mudando. E, infelizmente, aqueles sem o implante estão sendo vistos com suspeita," a diretora suspirou, compartilhando um olhar cúmplice de preocupação com Mônica.

Mais tarde, na cozinha iluminada apenas pela luz suave do abajur, Mônica abre uma garrafa de vinho tinto, cujo aroma rico e encorpado preenche o ambiente. Ela serve-se uma taça generosa, o líquido rubi refletindo as sombras dançantes da noite. Com mãos trêmulas, ela pega o smartphone e disca o número do irmão.

— "Rafael, você ainda vem hoje? Por favor, venha," implora ela, a voz embargada pela emoção.

— "Claro, Môni. Estou a cinco minutos daí. Já estou chegando," responde Rafael, sua voz transmitindo uma calma que parece abraçá-la mesmo à distância.

Mônica bebe uma taça atrás da outra, tentando afogar a ansiedade que cresce a cada gole. A campainha toca, cortando o silêncio da casa como um aviso. Ela atende a porta, já visivelmente alterada pelo álcool, as bochechas coradas e os olhos brilhando com uma mistura de lágrimas e vinho.

— "Nem me esperou para abrir o vinho?" brinca Rafael ao entrar, um sorriso fácil nos lábios, tentando aliviar o clima pesado que sente no ar.

Mas ao ver as lágrimas nos olhos de Mônica, sua expressão muda, o sorriso desaparece e uma ruga de preocupação surge em sua testa.

— "O que aconteceu? Por que está chorando?" pergunta ele, fechando a porta atrás de si e se aproximando dela.

— "Estão nos chamando de criminosos, Rafa. Só por não termos o implante. Quase perdi meu emprego hoje… Isso é uma injustiça!" desabafa Mônica, as lágrimas correndo livremente, enquanto ela se agarra à bancada para se manter de pé.

— "Poxa, nem me fale. Você viu os memes que estão rolando sobre quem não tem o implante? Dá até vontade de virar criminoso depois de ver aquilo," diz Rafael, tentando trazer leveza à conversa, enquanto tira o casaco e se senta à mesa.

— "Não vi, me mostre um," pede Mônica, enxugando as lágrimas e tentando compor-se.

Rafael desbloqueia seu smartphone e acessa a rede social "Xis". Imediatamente, um vídeo viral chama sua atenção. Nele, um homem com cabelos ondulados que cobrem sua testa está em um supermercado, ao lado de uma mulher que o observa com suspeita. Irritado, ele afasta os cabelos e revela um implante na testa, exclamando:

— "Eu não sou um deles! Eu tenho o Neuro-X!"

No entanto, o inesperado ocorre: o dispositivo escorrega de sua testa, revelando-se uma imitação barata. A mulher entra em pânico e grita acusações:

— "Um impostor! Um impostor!"

A situação se agrava à medida que outros clientes se juntam, agredindo o homem até que ele cai ao chão, desmaiado. Em um ato de crueldade desmedida, um dos agressores fixa o objeto falso na testa do homem com cola, enquanto risos maldosos ecoam entre os espectadores. O vídeo termina com a imagem do homem prostrado, humilhado diante de uma multidão zombeteira.

Ao ver o vídeo, Mônica chora ainda mais, um soluço escapando de seus lábios.

— "Calma, Moni. Não fica assim. Vamos resolver isso juntos," diz Rafael, abraçando-a com força, oferecendo o conforto de seu silêncio.

— "Como?" pergunta Mônica, buscando algum consolo em meio ao caos que se tornou sua vida.

— "Amanhã vamos a uma clínica e colocamos o implante, os dois," propõe Rafael, determinado, seus olhos encontrando os dela com uma firmeza que parece inabalável.

— "Sabe de uma coisa? Vamos," concorda Mônica, encontrando uma faísca de esperança na solidariedade do irmão.

Antônio se contempla no espelho, a luz matinal realçando o brilho metálico do dispositivo Neuro-X em sua testa. Ele ajusta o nó da gravata, o reflexo mostrando um homem transformado. Vestindo seu traje mais elegante, ele desliza as chaves do carro entre os dedos e parte, um sorriso esperançoso nos lábios, rumo a um futuro que ele agora vê com clareza.

...

Enquanto isso, Camila está aconchegada em seu lar, o aroma de café recém-coado preenchendo o ambiente. Seu filho, com seus carrinhos coloridos, traça estradas imaginárias pelo chão da sala. Ela liga a televisão e se depara com um talk show; Antônio é o convidado da noite. O apresentador, com um olhar inquisidor, lança a primeira pergunta:

— "Antônio, para alguém que escalou as alturas de sua carreira, como foi encarar a onda de desemprego para aqueles sem o dispositivo? Deve ter sido um período aterrorizante!"

Antônio, com uma postura confiante, responde com uma sinceridade desarmante:

— "Olhando agora, já como usuário do Neuro-X, mal consigo entender por que hesitei tanto. Meus motivos pareciam válidos, mas perderam todo o sentido após o implante."

O apresentador solta uma risada.

— "É como se minha consciência tivesse se expandido. Pensar em hesitar diante do Neuro-X agora me parece absurdo. Essa crise de desemprego… é hora de as pessoas acordarem e transformarem suas vidas," continua Antônio, entusiasmado.

— "E se pudesse voltar no tempo, o que diria ao Antônio de antes?"

— "Amigo, o sofrimento é opcional," Antônio responde, entre risos, a plateia aplaudindo.

Camila desliga a televisão, um suspiro pesado escapando enquanto observa seu filho, ainda imerso em sua brincadeira inocente. A campainha soa, e uma velha amiga aparece, trazendo consigo uma lufada de ar fresco e preocupação.

— "Oi, amiga. Estou preocupada com você. Você sumiu, o que está acontecendo?"

Camila desmorona, as lágrimas fluindo livremente.

— "Não sei mais o que fazer. Procurei emprego em todos os lugares, e nada."

— "Amiga, vou ser franca. Eles não estão contratando quem não tem o dispositivo. Viu a entrevista com o cara dos robôs, o Antônio? Se até ele teve dificuldades, imagina para nós."

— "Eu sei," Camila murmura, enxugando as lágrimas.

— "Você conhece minha posição sobre o dispositivo. Deus me alertou contra aprisionar meu espírito."

— "Deus não quer te ver sofrer, nem ao seu filho."

— "Mas e se eu tentasse vender doces? Sou boa nisso, talvez possa ganhar algo."

— "São poucos os que confiam e compram de quem não tem o implante. O melhor é você adquirir o Neuro-X o quanto antes."

— "Já tentei de tudo… Talvez você tenha razão. Pelo meu filho, eu faço o implante," Camila decide, determinada.

— "Isso aí! Você vai ver, é a melhor decisão da sua vida. Amanhã te acompanho à clínica."

...

Naquela noite, Camila é atormentada por um pesadelo terrível: ela se vê presa, acorrentada, com a boca e olhos costurados e não há nada que ela possa fazer para se salvar. Ela acorda sobressaltada, o coração acelerado, reflete um pouco sobre o que sonhou mas logo percebe que já são oito da manhã. Sua amiga logo chegará. Ela se arruma às pressas, e a campainha anuncia a chegada da amiga.

— "Bom dia, pronta para ir?"

— "Vamos."

CAPÍTULO 3

Rafael se acomoda em seu quarto, a luz suave do abajur criando um ambiente acolhedor. Seus olhos brilham de expectativa diante de seu mais novo brinquedo: um óculos de realidade virtual, perfeitamente integrado ao revolucionário Neuro-X, uma maravilha da tecnologia que promete uma imersão sem precedentes. Ele navega pela biblioteca virtual de seu videogame, um catálogo vasto que promete infinitas aventuras, cada título uma promessa de mundos a serem descobertos.

— "Uau, tantas opções… por onde começar?" ele murmura, deslizando entre as capas vibrantes dos jogos.

Seu olhar se fixa em uma, repleta de criaturas míticas e paisagens de sonho, onde guerreiros e magos lutam lado a lado em batalhas épicas. Ele lê a descrição em voz alta, — "Embarque neste universo de aventuras e ultrapasse os limites da sua imaginação. Explore territórios desconhecidos. Sinta, ouça, saboreie, voe… Viva o que quiser neste reino de infinitas possibilidades." Um sorriso se forma em seus lábios, a excitação de um explorador prestes a iniciar sua jornada.

— "Definitivamente, vou explorar isso depois," ele decide, marcando o jogo como favorito com um gesto rápido.

Ele continua sua busca, pausando brevemente em uma capa que mostra uma modelo feita por IA em uma pose pra lá de sensual, o fundo um cabaré futurista com luzes neon piscando.

— "Uau... Fique aqui, minha tentação, que eu volto logo," ele comenta, admirando a arte detalhada antes de prosseguir, uma risada escapando de seus lábios.

Logo, um jogo de esportes radicais chama sua atenção, o menu do jogo se abre, oferecendo uma gama de esportes para escolher, desde paraquedismo até corridas de jet-ski em mares tempestuosos.

— "Alpinismo, sem dúvida," decide ele, selecionando a opção com um toque. "Nada como conquistar o pico de uma montanha para sentir-se vivo."

O jogo começa, e Rafael é imediatamente transportado para um mundo onde a natureza reina soberana. O vento acaricia seu rosto, o som de uma cachoeira próxima ecoa em seus ouvidos, e o canto dos pássaros preenche o ar. Até o terreno sob seus pés parece real, cada pedra e raiz transmitindo sensações táteis surpreendentemente autênticas. Ele corre até uma árvore próxima e arranca uma folha, a textura dela incrivelmente vívida em suas mãos.

— "Isso é incrível, tão real!" ele exclama, a admiração clara em sua voz, enquanto observa o orvalho brilhando na folha sob a luz do sol nascente.

Em casa, Mônica encara o espelho por alguns segundos, sentindo o peso do Neuro-X em sua testa. Uma sensação de frio metálico contrasta com o calor da sua pele, deixando-a inquieta. Ela caminha até sua sala de estar, onde o cheiro de café recém-coado ainda paira no ar, misturado ao aroma de pão de queijo assando no forno. Sentando-se no sofá, ela pega o telefone e disca o número do irmão.

— "Alô, Rafa?"

— "Fala, Môni! Você quase me fez cair de um penhasco agora, sabia?" Rafael brinca.

— "Sério!? Desculpa, não imaginei que você estaria escalando montanhas hoje."

— "Relaxa, é só no game. Estou aqui no 'modo aventura' mesmo, enfrentando desafios que nem Indiana Jones encarou."

— "Ufa, você me assustou por um segundo."

Rafael sorri, a sensação de vertigem da escalada ainda palpável.

— "Mas e aí, tá precisando de algo?"

Mônica hesita, tateando o Neuro-X, a superfície lisa sob seus dedos.

— "Eu... eu esperava me sentir extraordinária com esse implante, mas... só me sinto estranha. Aconteceu isso contigo?"

— "Ah, Môni, eu tô de boa, só tenho meu implante e meu VR e posso afirmar que nunca fui tão feliz. É como se eu tivesse desbloqueado um novo sentido, sabe?"

— "Sorte a sua... Sinto como se me faltasse algo, mas não consigo explicar o quê."

— "Olha, talvez seja uma boa ideia voltar à clínica. Fazer uns exames, ver se tá tudo certo com o seu Neuro-X. Às vezes, um ajuste fino é tudo que você precisa."

— "É... você tem razão. Se eu continuar me sentindo assim, vou procurar uma clínica. Obrigada, Rafa."

— "De nada, Moni. E hey, quando estiver pronta, vem escalar uma montanha comigo. Vai ser épico!"

Eles desligam, e Mônica se levanta, decidida a resolver o mistério do seu desconforto. Enquanto isso, Rafael se prepara para o próximo desafio virtual, o coração acelerado pela aventura que o aguarda.

No dia seguinte, o despertador de Mônica toca sua melodia insistente, uma sinfonia eletrônica que se repete a cada cinco minutos, mas ela não se move. O mundo lá fora começa seu burburinho diário, carros buzinando e pessoas apressadas, mas ela permanece imersa em lençóis e sonhos, um casulo de algodão e tranquilidade.

Ela sonha com um dia comum: levanta-se, sente a cerda da escova contra os dentes, o aroma do café recém-coado invade a cozinha, as roupas se ajustam ao corpo como uma segunda pele, confortáveis e familiares, e o caminho até a escola desenrola-se sob seus pés, cada passo uma memória gravada no concreto. Ela se vê em frente à classe, palavras fluindo como um rio calmo, mentes jovens absorvendo cada sílaba e conceito. Tudo é rotina, até que o sonho se despede com o toque da campainha, um som metálico que ecoa pelos corredores.

Às 16:30, Mônica desperta, mas o véu do sonho ainda a envolve, uma névoa de imagens e sensações que se confundem com a realidade. Ela acredita ter retornado do trabalho, que o cochilo no sofá foi breve, um mero piscar de olhos. Mas seu smartphone conta outra história: chamadas perdidas, uma mensagem da diretora com um tom de urgência que ela não pode ignorar. Ela ignora, um mal-estar crescente a impede de focar, uma sensação de vertigem que a faz duvidar de seus próprios sentidos. Lágrimas brotam, incontroláveis, e ela se pergunta, com a voz embargada pelo choro:

— "O que está acontecendo comigo? Por que me sinto assim?"

Buscando refúgio, ela liga a televisão. Sua série favorita, "As Aventuras de Amélia", deveria ser um conforto, mas a protagonista… não é a mesma. E então, o impossível: é ela na tela, Mônica como a personagem principal, vivendo aventuras que nunca teve. A realidade se dobra, e ela se pergunta se está acordada dentro de um sonho, ou se sonha acordada em uma realidade distorcida.

— "Eu devo estar dormindo, isso é só um pesadelo," ela murmura, com as mãos trêmulas na cabeça, os dedos entrelaçados nos cabelos como se pudessem ancorá-la à sanidade.

O medo se transforma em repulsa; ela se sente suja, contaminada por uma sujeira que vai além da pele. Sua casa, antes um santuário de paz e ordem, agora é um antro de sujeira e decomposição. Moscas zumbem na pia, vermes se banqueteiam com restos de comida esquecida, ratos se aglomeram pelo chão, disputando migalhas e território, e o cheiro… é insuportável, um fedor de abandono e negligência.

Ela corre para o quarto, o coração batendo um alerta frenético, cada batida um grito de pânico. Ao entrar no quarto, o cenário não melhora. O ambiente se contorce diante de seus olhos, mais sujeira e insetos, sombras dançantes nas paredes, e um espelho que reflete não seu rosto, mas o de um estranho, alguém que ela não reconhece. Mônica sente a presença de alguém, uma figura sombria que sussurra palavras desconexas em seus ouvidos, uma voz grave e ameaçadora:

— "Você não pode escapar, Mônica. Este é o seu mundo agora."

O desespero a envolve como uma teia, enquanto ela se vê aprisionada em uma realidade cada vez mais distorcida. A linha entre o que é real e o que é fruto de sua mente se desfaz, levando-a a um abismo de confusão e desespero. Ela se debate, lutando contra a escuridão que a engole, uma batalha silenciosa e solitária.

— "É só um pesadelo! Tenho que acordar, tenho que acordar…" ela repete, uma súplica desesperada por um despertar que não vem.

Gustavo era um espetáculo à parte, seus pés desenhavam movimentos precisos no gramado verde, driblando os adversários com uma facilidade que parecia quase sobrenatural. O estádio inteiro pulsava ao ritmo de suas jogadas, uma sinfonia de gritos e aplausos que se elevava a cada toque na bola. Seus pais, Ana e José, junto ao treinador Nelson, compartilhavam um olhar de admiração e orgulho que se misturava ao coro vibrante da torcida.

— "GOLAAAÇO!" O locutor do estádio não continha o entusiasmo.

— "É dele, é do Gustavo! Uma pintura de gol!"

A multidão explodia em uma euforia contagiante, enquanto Gustavo era erguido pelos colegas de equipe, que o carregavam em triunfo. O placar eletrônico piscava o feito heroico, **9 a 2**, uma vitória esmagadora que entraria para a história do clube.

Em casa, a família de Gustavo se abraçava, eufórica com a conquista.

— "Você é um gênio, meu filho! Sua habilidade em campo é uma dádiva," exclamava Ana, com os olhos brilhando de felicidade.

— "Obrigado, mãe. Vocês são minha inspiração," respondia Gustavo, com um sorriso que iluminava o ambiente.

O telefone tocou, interrompendo brevemente a celebração.

— "Alô, Sr. José?"

— "Sim, sou eu. Quem deseja?"

— "É o Nelson, treinador do Gustavo. Precisamos conversar sobre algo extraordinário."

— "Diga, Nelson. Algum problema?"

— "Pelo contrário, Sr. José. Uma notícia maravilhosa. Um olheiro da seleção nacional estava presente no jogo e ficou estupefato com a performance do Gustavo. Ele foi selecionado para um treinamento especial com a equipe nacional e pode ser o próximo camisa 10 da seleção. Vocês topam? É uma chance de ouro!"

Gustavo, ouvindo atentamente, mal podia acreditar no que seus ouvidos captavam e solta um grito de alegria. Sua mãe, com as mãos no coração, sussurrava palavras de gratidão.

— "Como pode ver, o Gustavo já aceitou!" José brincava, enquanto todos riam juntos.

— "Fantástico! A seletiva será amanhã cedo. Mandarei todos os detalhes por mensagem."

— "Estamos muito agradecidos, Nelson. Isso significa muito para nós."

— "Prepare-se, Gustavo. Seu futuro está só começando."

— "Estamos tão orgulhosos de você, meu querido!" Ana dizia, enquanto abraçava Gustavo, as lágrimas de alegria correndo livremente pelo seu rosto.

Enquanto isso, Camila desperta lentamente, sentindo a maciez dos lençóis de algodão e o cheiro suave de antisséptico no ar. Ela abre os olhos e encontra um quarto de hospital banhado pela luz dourada do amanhecer, cercada pelo carinho de uma amiga e o cuidado atento de uma enfermeira que ajusta o soro em sua veia.

— "Parabéns, amiga. O implante foi um sucesso," diz a amiga, segurando a mão de Camila com um sorriso radiante.

— "Graças a Deus! Eu estava tão apreensiva," Camila responde, sua voz ainda fraca, mas aliviada.

— "Sem medo, Camila. Agora é só felicidade e recuperação," a enfermeira comenta, conferindo os sinais vitais no monitor ao lado da cama.

Nesse momento, a porta se abre silenciosamente e um médico entra, prancheta em mãos, um olhar de satisfação estampado no rosto.

— "Olá, você é a Camila?" ele pergunta, aproximando-se com um passo seguro.

— "Sim, sou eu," ela responde, apreensiva, mas esperançosa.

— "Sou o médico responsável pelo seu implante. Tudo correu perfeitamente. Você já pode ir para casa assim que se sentir pronta," ele anuncia com um aceno de cabeça.

— "Muito obrigada, doutor. Não sei como agradecer," Camila diz, um sorriso tímido surgindo em seus lábios.

...

De volta ao lar, Camila aconchega seu filho, Joseph, e se recolhe ao descanso, o coração aquecido pela presença do pequeno. Mas a noite reserva surpresas; ela sonha com uma luz violeta misteriosa envolvendo a cama de João, formando padrões que dançam ao redor dele.

Pela manhã, ainda sonolenta, Camila tenta acordar o pequeno para mais um dia de descobertas.

— "Filho, hora de levantar para a escolinha," ela diz suavemente, afastando os cachos de sua testa.

— "Filhooo…" ela chama novamente, mas ele permanece em sono profundo.

Ela insiste, balançando-o gentilmente, mas sem resposta. Em pânico, Camila o envolve em seus braços, o coração batendo descompassado, e corre para o hospital, temendo que o sonho possa ter sido um presságio.

CAPÍTULO 4

Rafael encontra-se à beira de um precipício, contemplando o vazio à sua frente. Com um suspiro audacioso, ele se lança no espaço aberto, mergulhando em direção ao desconhecido. Enquanto cai, uma tela virtual ilumina-se com um aviso vermelho e intermitente: "Fim de Jogo".

— "Incrível, isso foi sensacional!" exclama Rafael, ajustando seus óculos de realidade virtual. Ele navega pelo menu de seleção de jogos, selecionando o jogo de orgia que havia marcado nos favoritos.

Enquanto isso, o relógio digital de Mônica marca 20:13. Ela desperta de um cochilo inesperado, com fragmentos de sua série favorita ainda dançando em sua mente. Ao se dirigir para a cozinha, seus olhos encontram a pia impecavelmente limpa, um contraste gritante com a visão perturbadora de larvas e moscas que a assombrara no que ela acredita ter sido um pesadelo. Com um misto de alívio e apreensão, ela pega seu smartphone e disca o número de Rafael.

— "Rafa, sou eu, Mônica."

— "Eu sei que é você. O que houve?" responde Rafael, sua voz tingida de impaciência.

— "Tive um pesadelo terrível… Estou preocupada com meu implante."

— "O que aconteceu? Você tem certeza de que é um problema com o implante?" indaga Rafael, enquanto ajusta as configurações de seu jogo para prolongar a sensação do seu orgasmo para 5 minutos.

— "Foi tão vívido… Nunca experimentei nada igual."

— "Mônica, já conversamos sobre isso. Você precisa ir a uma clínica para exames."

— "Eu sei, Rafa. Vou amanhã. Mas precisava desabafar, estou me sentindo péssima."

— "Desculpe, Mônica, mas não posso falar agora. Estou em uma reunião importante. Preciso desligar." Rafael encerra a chamada fazendo movimentos sexuais.

...

Naquela noite, Mônica foi envolvida por um sonho intrigante, tão vívido que poderia ser confundido com a realidade. Ela se imaginou adentrando um consultório iluminado por uma luz suave e acolhedora, onde foi recebida por uma médica extremamente solícita, cujo jaleco branco reluzia contra o contraste da decoração em tons pastéis.

— "Como posso lhe auxiliar hoje?" perguntou a médica, com uma voz que transmitia uma calma quase sobrenatural.

— "Desde o procedimento do implante, não me sinto bem." confessou Mônica, sentindo uma inquietação crescente.

— "Você está experienciando algum sintoma físico? Há dores?" indagou a médica, aproximando-se com um olhar preocupado.

— "Não são dores; são pesadelos constantes, e uma sensação de depressão e exaustão que me consome." desabafou Mônica, com um suspiro trêmulo.

— "Vou ajustar seu nível de ansiedade, isso deve proporcionar alívio imediato." a médica assegurou, digitando algo em seu computador futurista, cuja tela exibia gráficos e dados que dançavam em sincronia com seus dedos ágeis.

— "Isso vai resolver todos os meus problemas?" questionou Mônica, com um misto de esperança e dúvida.

— "Sim, pode ficar tranquila, está tudo sob controle." respondeu a médica, oferecendo um sorriso tranquilizador.

Subitamente, o som estridente do despertador interrompeu o sonho, arrancando Mônica daquele mundo paralelo. Ela se sentou na cama, tentando desvencilhar-se das teias do sonho que ainda a prendiam. Com um suspiro resignado, Mônica se preparou para mais um dia de trabalho, enquanto a luz do amanhecer começava a se infiltrar sutilmente pelo quarto.

CAPÍTULO 5

A sala de aula estava envolta na suave penumbra do entardecer, e Mônica, a professora dedicada, estava absorta na tarefa de corrigir as redações de seus alunos. As palavras escritas dançavam diante de seus olhos cansados, cada frase um reflexo do esforço e da personalidade de seus estudantes. No entanto, uma névoa súbita e inexplicável começou a turvar sua visão, as letras nas páginas borrando-se como se derretessem sob o calor de um sol invisível.

Desorientada, Mônica ergueu-se, cambaleante, em busca de ar fresco. Aproximou-se da janela, abrindo-a com mãos trêmulas. O ar da tarde, carregado com o aroma de terra molhada após uma chuva de verão, invadiu seus pulmões. Mas a sensação de frescor pouco fez para dissipar a confusão que se apoderava de sua mente.

Foi então que uma voz suave cortou o silêncio da sala:

— "Professora, posso ir ao banheiro?" perguntou Marina, uma aluna do fundo da sala, com uma educação que refletia sua timidez.

Para Mônica, contudo, as palavras chegaram distorcidas, como se faladas através de água: — "Professora, por que você não foi ao banheiro?"

O rosto de Mônica tornou-se um espelho de perplexidade, e Marina, percebendo a estranheza da situação, franziu a testa em preocupação. Mônica olhou para baixo, para suas próprias roupas, e por um momento terrível, viu-se transformada em uma figura desgrenhada e desamparada, uma 'mendiga' aos seus próprios olhos. Um pânico irracional a fez acreditar que havia se urinado, e um impulso incontrolável a dominou.

Com as mãos trêmulas, ela começou a esfregar o chão com a barra de sua blusa, murmurando desculpas incoerentes:

— "Me desculpe, eu limpo isso... me desculpe" sua voz era um sussurro fantasmagórico, entrecortado pelo constrangimento e pelo medo que a envolviam como uma névoa mais densa que a que turvava sua visão.

Os alunos, atônitos com a cena diante deles, não conseguiram conter um murmúrio de risadas nervosas. Alguns, incapazes de resistir à tentação mórbida, começaram a registrar o espetáculo com seus celulares. A sala de aula, antes um santuário de aprendizado e descobertas, transformou-se em um palco para um drama bizarro e desconcertante.

Mônica, afundando cada vez mais no desespero, sentiu uma urgência avassaladora de escapar daquele lugar. Levantou-se abruptamente, seus passos ecoando alto enquanto corria para fora da sala, atravessando os corredores vazios até chegar ao seu carro, um ponto solitário na vastidão do estacionamento que se tingia com as cores do crepúsculo. Sem hesitar, ela entrou no veículo e partiu, deixando para trás o caos da sala de aula e a confusão mental que, como uma sombra persistente, prometia seguir seus passos.

Gustavo adentra o gramado sob um céu crepuscular, com a luz do entardecer refletindo um brilho dourado em seus olhos determinados e um sorriso que transborda confiança. Ao seu redor, os contornos dos outros aspirantes à prestigiosa camisa 10 da seleção brasileira de futebol se desenham, silhuetas tensas de esperança e expectativa. A disputa é acirrada, apenas uma vaga, mas Gustavo exala um otimismo que parece iluminar o campo.

O árbitro, uma figura imponente no centro do campo, ergue o apito aos lábios e, com um sopro firme, dá início ao jogo que pode definir destinos. Gustavo, com a bola dominada, começa a tecer seu caminho pelo campo, cada movimento seu é uma pincelada de arte, uma coreografia meticulosa que hipnotiza os espectadores.

— "Uau! É de tirar o fôlego! Nunca presenciei tal maestria," exclama Carvalho, o olheiro da seleção, não conseguindo disfarçar sua admiração enquanto seus olhos não desgrudam da performance de Gustavo. — "Ele não está apenas jogando, ele está compondo uma sinfonia com a bola."

A cada drible, Gustavo parece narrar uma história, sua presença é um espetáculo avassalador. Os adversários são meros coadjuvantes em sua exibição magistral. Quando ele marca seu quinto gol, um arco perfeito que desafia as leis da física e beija a rede, o estádio inteiro se rende ao seu talento.

— "Magnífico, Gustavo," diz o olheiro Carvalho, aproximando-se com um sorriso de quem acabou de descobrir um tesouro. — "A vaga é indiscutivelmente sua."

— "É surreal! É como se cada sonho que eu sonhei estivesse se tornando realidade," Gustavo responde, sua voz embargada pela emoção.

— "Bem-vindo ao panteão dos grandes," Carvalho proclama, entregando a Gustavo a camisa sagrada da seleção, o verde e amarelo vibrante com o número 10 gloriosamente estampado.
— "Que sua jornada seja longa e repleta de vitórias."

O estádio explode em aplausos, e enquanto Gustavo ergue a camisa para o céu, o crepúsculo parece saudar o nascimento de uma nova lenda no futebol brasileiro.

Rafael repousava em sua cama, a luz fraca do abajur lançando sombras sobre sua figura esguia e abatida. As olheiras profundas e arroxeadas sob seus olhos eram como marcas de guerra, símbolos de batalhas noturnas travadas no universo digital do Neuro-X, onde realidade e fantasia se entrelaçavam através de seus óculos de realidade virtual. A pele, antes morena e cheia de vida, agora tinha a palidez do luar, e suas feições, outrora marcadas por um sorriso fácil, estavam tensas e cansadas.

A obsessão pelos jogos online havia consumido não apenas seu tempo, mas também sua saúde. Rafael, que antes se orgulhava de sua forma física, agora via a balança acusar a perda de 15 quilos, um testemunho silencioso do preço de sua compulsão. As refeições eram esquecidas, substituídas por horas a fio diante de realidades virtuais e explorava mundos distantes, tudo ao alcance de seus pensamentos, mas a quilômetros de distância de sua realidade solitária.

A cada dia que passava, o mundo real parecia desbotar um pouco mais, tornando-se cinza e sem vida comparado às cores vibrantes e aventuras sem fim que o Neuro-X somado a seu óculos de realidade virtual prometiam. Rafael sabia que estava perdendo algo mais valioso que o peso: estava perdendo a si mesmo naquele abismo digital. Mas como um náufrago se agarra a um pedaço de madeira em meio à tempestade, ele se agarrava àquela realidade alternativa, temendo que, sem ela, afundaria em um mar de monotonia e desespero. Com o seu smartphone ele navega pela rede social "Xis", o feed é tomado por uma enxurrada de vídeo e fotos de um jovem jogando futebol, que por sinal é Gustavo. Entre um clique e outro o algoritmo mostra uma propaganda que chama atenção de

Rafael, ele clica no banner e é direcionado para um outro site, automaticamente se inicia um vídeo.

— "Quer gozar por até 2 horas? É isso mesmo que você ouviu," a voz sedutora de uma modelo gerada por IA ecoava no vídeo, prometendo uma experiência de jogo transcendental e avassaladora. Rafael, impaciente e curioso, nem esperava o vídeo concluir e já pressionava o grande e chamativo botão verde de "download". No exato momento, seu telefone interrompia o silêncio do quarto com um toque insistente.

— "O que foi dessa vez, Mônica?" Rafael atendia, a irritação evidente em sua voz cansada.

— "Rafa, estou perdida. Tantas coisas estranhas estão acontecendo… nem sei se essa ligação é real," a voz de Mônica tremia do outro lado da linha, um misto de medo e confusão.

— "Mônica, você está usando drogas? Claro que é real," Rafael retrucava com sarcasmo, a paciência se esvaindo rapidamente.

— "Você pode vir aqui? Preciso de ajuda," implorava Mônica, o desespero claro em cada palavra.

— "Mônica, não vai dar. Estou atolado de trabalho e, mesmo que eu fosse, pouco poderia fazer. Você foi à clínica como eu sugeri?" a voz de Rafael era firme, mas desprovida de calor.

— "Sim, fui. A médica disse que não há nada errado comigo," a resposta de Mônica vinha carregada de frustração.

— "Então vá descansar, Mônica. Isso é só cansaço," Rafael dizia, desligando o telefone sem esperar uma resposta. — "Meu Deus, como ainda tem gente que não sabe usar a tecnologia a seu favor?" Rafael murmurava para si mesmo, verificando se o download do aplicativo prometido havia terminado. A promessa de escapar da realidade, mesmo que por algumas horas, era a única coisa que ainda o fazia sentir um vislumbre de excitação.

Camila estava sentada no corredor estéril do hospital, o branco das paredes refletindo a luz fria dos fluorescentes. Ao seu redor, um mar de rostos abatidos e olhares perdidos se mesclava em um silêncio pesado, pontuado apenas pelo som abafado de soluços e sussurros. Ela, uma figura de calma em meio ao caos, observava a dança lenta das emoções com um distanciamento forjado pela rotina da dor.

A porta se abriu com um estalo suave, quebrando a monotonia do corredor.

— "Camila Pereira?" A voz, embora firme, carregava um timbre de compaixão.

Erguendo-se, Camila atravessou o limiar com passos hesitantes. A sala diante dela era um cubículo apertado, com paredes adornadas por diplomas e um aquário silencioso, onde peixes coloridos nadavam sem saber da tristeza que permeava o ar.

— "Como está meu filho, doutor?" A pergunta de Camila emergiu trêmula, sua voz um fio tênue de esperança.

O médico, um homem de meia-idade com olhos cansados que já haviam visto demais, suspirou antes de responder.

— "Camila, eu e minha equipe fizemos tudo ao nosso alcance. Mas, com um peso no coração, devo dizer que seu filho... ele já chegou ao hospital sem batimentos cardíacos."

— "Não... isso não pode ser verdade. Ontem nós brincamos por horas." Camila retrucou, as lágrimas brotando como fontes de uma dor inimaginável.

— "Eu sei, é um enigma até para nós. Realizamos todos os exames possíveis, buscamos por respostas em cada canto da ciência, mas a morte dele permanece um mistério. Uma morte súbita e inexplicável," o médico explicou, a voz pesada com a responsabilidade de suas palavras.

— "Mas ele era a imagem da saúde, um menino cheio de energia e alegria. Como isso aconteceu?" Camila murmurou, mais para si mesma do que para o médico.

— "Às vezes, a medicina nos confronta com perguntas sem respostas. Recentemente, casos semelhantes têm surgido, afetando jovens e velhos. Não encontramos patógenos, não há sinais de doença. É como se algo invisível estivesse nos escapando," o médico ponderou, perdido em pensamentos.

— "E as notícias? Elas falam de algo assim?" Camila perguntou, a voz fraca.

— "Há rumores, teorias. Mas nada concreto. A única certeza é que não vimos casos assim em crianças com o Neuro-X. O governo está incentivando a adoção do dispositivo, talvez como medida preventiva." o médico especulou.

...

De volta ao seu lar, agora um santuário de memórias, Camila se ajoelhou ao lado da cama pequena, onde brinquedos e livros ainda jaziam, testemunhas silenciosas de uma infância interrompida.

— "Me perdoa Deus. Me perdoa!" Camila implora em sua oração.

Rafael estava recostado em sua cama, o corpo imerso na realidade alternativa proporcionada por seus óculos de realidade virtual. Tremores involuntários percorriam seu ser, enquanto um gemido incontrolável se libertava de seus lábios ressecados. Ele estava no meio de uma experiência de sexo virtual, um orgasmo que já durava uma hora e treze minutos. O suor corria em rios pelo seu rosto e corpo esquálido, lembrando a fragilidade de alguém perdido nas garras de vícios nefastos.

— "Que sede insaciável." ele murmurou, a voz rouca, ao erguer-se com esforço e caminhar até a cozinha, ansiando por algo que saciasse sua garganta seca.

Ao abrir a geladeira, Rafael congelou, os olhos arregalados encarando o vazio que se estendia diante dele. Por longos segundos, permaneceu imóvel, até que, com um suspiro confuso, fechou a porta do eletrodoméstico.

— "O que eu estava fazendo aqui mesmo?" A pergunta ecoou pelo silêncio da cozinha enquanto ele vagava sem rumo em direção ao banheiro. De repente, como se uma força invisível o empurrasse, perdeu o equilíbrio e desabou no chão frio.

— "Preciso de algo para comer," concluiu, tentando ignorar a tontura que o assolava. Foi então que seu celular vibrou com urgência.

Do outro lado da linha, uma voz feminina, carregada de temor, rompeu o silêncio: — "Rafa, você está aí?"

— "Oi, Mônica. Está tudo bem?" A preocupação tingida de impaciência.

Mônica, com a voz trêmula e abalada, suplicou: — "Rafa, você pode vir até aqui em casa?"

— "Fala logo, Mônica? O que está acontecendo?" Rafael insistiu, a inquietação crescendo dentro dele.

— "Estou com medo, por favor, venha" ela implorou, o desespero evidente em cada sílaba.

— "Adoraria ajudar, mas estou fora da cidade, a trabalho. Assim que voltar, resolveremos isso. Por agora, tenho uma reunião iminente. Desculpe, preciso desligar." Rafael explicou, já se acomodando novamente com os óculos VR, a realidade virtual chamando-o de volta para seu refúgio.

Enquanto isso, Mônica estava encolhida em seu sofá, uma sensação de desconexão invadindo seu ser, como se estivesse aprisionada em um pesadelo sem fim.

— "Não sinto meu corpo!" ela exclamou, as mãos trêmulas explorando freneticamente sua pele em busca de sensações que confirmassem sua existência.

Ao tocar seu próprio rosto, o pânico a engoliu.

— "Estou sonhando ou morta?"

Os sons da rua, distantes e abafados, pareciam amplificados aos seus ouvidos, cada sussurro e buzina invadindo seu apartamento no vigésimo andar.

— "Estou enlouquecendo?" A pergunta se perdeu no vazio da sala, uma sombra entre as sombras que dançavam nas paredes.

Movida por um impulso irrefreável, Mônica se aproxima da janela, o coração batendo descontroladamente em seu peito.

— "Devo estar em outro lugar, isso não pode ser minha casa. Isso só pode ser um sonho", ela murmura, suas mãos trêmulas agarrando a moldura da janela.

— "Eu só quero acordar", sua mente clama, antes de se entregar ao impulso avassalador.

Um passo em direção ao vazio, e então o salto. As pessoas lá embaixo gritam em choque com a cena diante delas, enquanto Mônica mergulha no desconhecido, em busca de uma realidade que faça sentido.

CAPÍTULO 6

O estádio fervilhava com a energia de milhares de corações batendo em uníssono, uma maré de expectativa e ansiedade varrendo as arquibancadas. No centro do campo, Gustavo, o jovem prodígio, brilhava sob os holofotes em sua estreia na Copa do Mundo. Seus pais, em um camarote VIP adornado com bandeiras e faixas, seguravam-se nas bordas de seus assentos, seus olhos brilhando com orgulho e nervosismo.

— "Senhoras e senhores, o momento que todos aguardavam chegou," a voz do locutor reverberou pelo estádio, — "A abertura da Copa do Mundo, e vocês estão prestes a testemunhar história sendo feita!"

— "Verdade, Jonas," respondeu o colocutor, — "pela primeira vez, veremos jogadores equipados com a mais avançada tecnologia do Neuro-X para elevar o jogo a novos patamares."

— "E a tensão é quase tangível aqui no campo," continuou Jonas, sua voz capturando a emoção do momento.

O árbitro, em sua vestimenta impecável, ergueu o apito aos lábios e o som estridente marcou o início do jogo. Gustavo, com a destreza de um dançarino, tocou a bola para o camisa 9, que com um movimento fluido, a enviou para o ágil camisa 7. O estádio prendeu a respiração enquanto Gustavo, como um relâmpago, avançou em direção ao gol adversário. Mas, em um piscar de olhos, a bola foi catapultada em sua direção pelo poderoso camisa 5.

— "Inacreditável, será que veremos um gol logo no primeiro minuto deste espetáculo?" a voz do locutor subiu em oitavas, refletindo a surpresa e a expectativa da multidão.

Gustavo, com a concentração de um mestre xadrezista, posicionou-se para o impacto, seus músculos tensos, seus olhos fixos na esfera giratória. Mas o destino, cruel e impiedoso, tinha outros planos. A bola, como um meteoro desgovernado, colidiu com o dispositivo futurista em sua testa, e o som do impacto ecoou pelo estádio. Gustavo caiu, um herói em queda, seu corpo convulsionando no gramado verdejante.

Um silêncio sepulcral caiu sobre o estádio, o choque e a preocupação pintados em cada rosto. Os paramédicos, vestidos como anjos da guarda, correram em seu auxílio, suas ações uma coreografia de urgência e precisão.

Na área VIP, os pais de Gustavo estavam petrificados, suas expressões uma mistura de incredulidade e terror.

— "Não pode ser, o que aconteceu com nosso menino?" a voz da mãe de Gustavo tremia, suas palavras mal conseguindo escapar.

— "Alguém nos diga, por favor, o que está acontecendo com Gustavo?" o pai implorava, sua voz perdida no tumulto.

Enquanto isso, nas casas e bares ao redor do mundo, os espectadores se inclinavam para mais perto das telas, buscando respostas. Mas, como se cortado por uma lâmina afiada, o fio da narrativa foi interrompido, a transmissão substituída por comerciais brilhantes e alegres, um contraste gritante com a tensão que havia se formado.

Na cadeira da cozinha, Rafael está imóvel na cadeira de madeira antiga, com um copo de suco de laranja repousando em suas mãos trêmulas. Sua boca está entreaberta, a saliva escorre pelo canto dos lábios, as pálpebras pesadas lutam contra o peso do sono, e seu rosto pálido e inexpressivo evoca a imagem de um ser desprovido de vida.

Subitamente, o copo escorrega de suas mãos, estilhaçando-se no chão de azulejos com um estrondo que ecoa pelas paredes nuas da cozinha. O som agudo do vidro quebrado age como um despertador para Gustavo, que é sacudido de volta à realidade. Ele se ergue num sobressalto, os olhos arregalados e confusos, e inicia uma caminhada errante em direção ao quarto, seus pés descalços ignorando os cacos afiados que perfuram sua pele. A cada passo, uma mancha vermelha floresce no chão frio, mas Gustavo, absorto em seu transe, parece alheio à dor.

Ao chegar ao corredor estreito, ele para, encarando a parede como se nela houvesse algo que só ele pudesse ver. Com movimentos mecânicos e repetitivos, começa a bater a cabeça contra o reboco, cada impacto um baque surdo que ressoa pelo silêncio da casa. Não há dor em seu olhar, não há emoção em seu rosto; apenas a expressão vazia de quem perdeu o controle sobre si mesmo.

O que Rafael não poderia jamais imaginar é que o software inofensivo que ele havia instalado carregava em seu código um vírus insidioso, projetado para se infiltrar silenciosamente na interface do seu avançado Neuro-X. Uma vez dentro do sistema, o vírus desencadeou um caos eletrônico, corrompendo dados vitais e comprometendo as funções neurológicas essenciais. Reflexos tornaram-se erráticos, memórias começaram a se dissolver como açúcar em água fervente, a coordenação motora se desfez e o humor oscilou como uma tempestade. E assim, uma simples decisão de baixar um programa desencadeou uma cadeia de eventos catastróficos que alterariam o curso da vida de Rafael de maneiras que ele nunca poderia prever.

CAPÍTULO 7

A luz suave do quarto de hospital banhava o rosto de Gustavo, que jazia imóvel na cama, cercado pelo zumbido suave dos monitores. Seus pais, Ana e José, estavam ao seu lado, segurando sua mão com ternura, enquanto o visor do aparelho cardíaco piscava ritmicamente, indicando batimentos estáveis.

O médico, Dr. Sampaio, um homem de meia-idade com olhos gentis, entrou no quarto, seu jaleco branco balançando a cada passo. Ana olhou para ele, seus olhos cheios de uma mistura de esperança e medo.

— "Doutor, ele vai ficar bem?" perguntou ela, sua voz tremendo ligeiramente.

Dr. Sampaio suspirou, pesando suas palavras com cuidado antes de falar.

— "Ana, José, preciso ser sincero com vocês. O dispositivo neural de Gustavo sofreu um forte impacto durante o acidente. Os filamentos que conectam a máquina ao cérebro dele se romperam e alguns se fundiram ao tecido cerebral. Isso complica qualquer tentativa de cirurgia reparatória."

Ana apertou a mão de Gustavo, e uma lágrima solitária deslizou pelo rosto do jovem. José passou o braço ao redor dela, tentando oferecer algum conforto.

— "Mas o que isso significa para o futuro dele?" José perguntou, sua voz embargada pela emoção.

— "Vocês estão diante de uma escolha difícil," continuou Dr. Sampaio. — "Podemos manter Gustavo ligado aos aparelhos, mas devo avisar que o dano aos filamentos afetou profundamente os sentidos e a consciência dele. É provável que o 'eu' de Gustavo esteja perdido em algum recanto escuro de sua mente, talvez revivendo o acidente ou preso em um estado de sonho perturbador."

Ana cobriu o rosto com as mãos, soluçando. José olhou para o médico, seus olhos buscando alguma faísca de esperança.

— "Isso significa que ele pode estar sofrendo, mesmo agora, dentro de sua própria mente?" Ana conseguiu perguntar entre lágrimas.

— "Infelizmente, sim. Desde o momento do acidente," Dr. Sampaio confirmou, sua expressão sombria.

— "Não... não posso suportar a ideia de meu filho em agonia," Ana exclamou, desesperada. — "Desliga os aparelhos, por favor! Não deixe que ele sofra mais."

Dr. Sampaio assentiu, compreendendo a dor daquela decisão.

— "Vou preparar tudo para que seja feito de maneira digna e sem dor," disse ele, oferecendo um último olhar de simpatia antes de sair do quarto.

Ana e José permaneceram ao lado da cama, abraçados, enquanto o silêncio do quarto era apenas interrompido pelo som dos seus soluços e do coração de Gustavo, ainda batendo na tela do monitor.

Na casa de Rafael, o silêncio paira pesadamente no ar, prenunciando algo sinistro. Pela primeira vez, seu quarto parece vazio, uma ausência que contrasta com a habitual atmosfera de excitação. Na tela do seu óculos de realidade virtual, o jogo de erótico permanece pausado, uma pausa forçada que ecoa a quietude do ambiente.

Avançando pelo corredor estreito e mal iluminado, a respiração pesada ecoa no silêncio opressor. Os olhos, arregalados e atentos, se fixam em Gustavo, que está paralisado, imerso em um transe perturbador que o mantém preso entre a realidade e um pesadelo vívido. A parede ao seu redor, outrora imaculada, agora é marcada por traços grotescos de sangue, uma testemunha muda do tormento que ele suporta. Seu rosto, iluminado apenas pelo tremular incerto de uma lâmpada próxima, está contorcido em agonia, revelando uma ferida horrenda que corta sua testa com violência. A carne dilacerada expondo brevemente o branco do crânio, enquanto gotas carmesim formam um caminho trágico pelo seu rosto, desenhando um mapa de dor e desespero.

Avançando pelo corredor, os olhos se fixam em Gustavo, imerso em um transe perturbador. A parede ao seu redor é marcada por traços de sangue, uma testemunha muda de seu tormento. Seu rosto está contorcido em agonia, uma ferida horrenda corta sua testa, expondo brevemente o branco do crânio. A cena é como um soco no estômago. O desespero de Gustavo é tangível, sua luta contra forças invisíveis ecoa em cada respiração.

5 anos depois...

A cidade está mergulhada em um silêncio perturbador, apenas interrompido pelo sussurro do vento carregando consigo o odor pútrido do abandono. Montes de lixo se acumulam ao longo das calçadas, enquanto ratos e baratas vagam livremente, reinando sobre cada centímetro do espaço urbano.

No epicentro do desastre, a praça central, onde antes crianças brincavam e casais passeavam, uma cena macabra se desenrola: algumas pessoas, portadoras do Neuro-X, agora sombras de sua humanidade, perambulam com um andar trôpego e olhares que se perderam no vazio, como zumbis. Eles vasculham as entranhas da cidade em busca de sustento, ignorando a linha tênue entre o que foi vida e o que agora é morte. Uma visão assustadora que desafia qualquer lógica ou compreensão.

Entre os zumbis errantes, destacam-se as figuras familiares de Camila, Antônio e os pais de Gustavo, cujos rostos são iluminados por um brilho fantasmagórico, retratando a desolação. Seus olhos, outrora brilhantes com a luz da vida, agora parecem janelas para almas perdidas, refletindo um vazio imensurável. Seus passos descompassados ecoam em meio ao silêncio sepulcral da cidade abandonada. Os rostos exibem uma expressão vazia e desprovida de emoção, como se estivessem presos em um pesadelo sem fim, condenados a vagar eternamente pelas ruínas de um mundo que já não existe mais.